かめきちのおまかせ自由研究

村上しいこ・作　長谷川義史・絵

岩崎書店

もくじ

表紙・さし絵 長谷川義史《はせがわよしふみ》

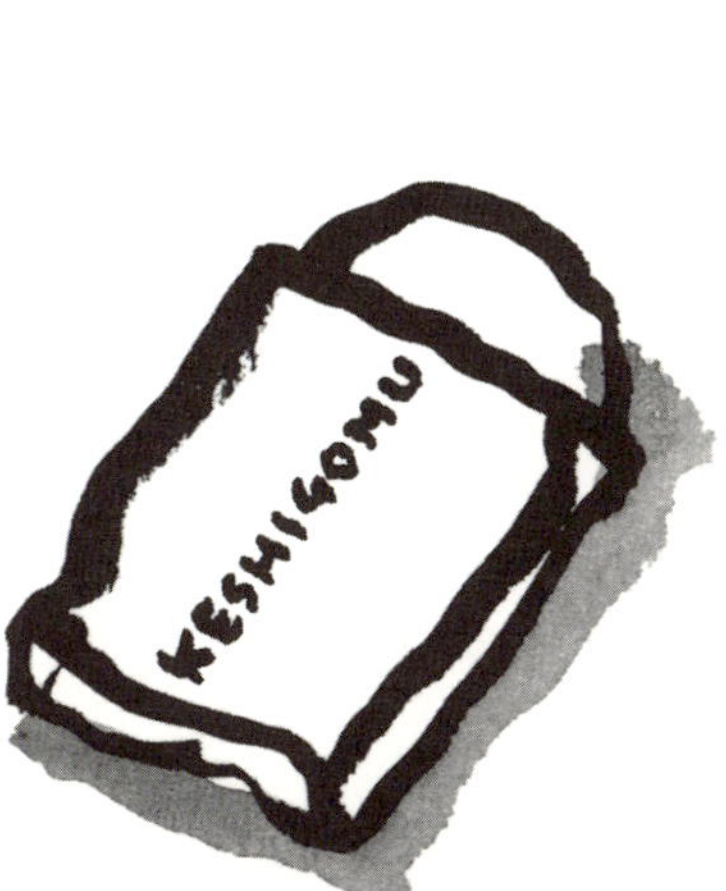

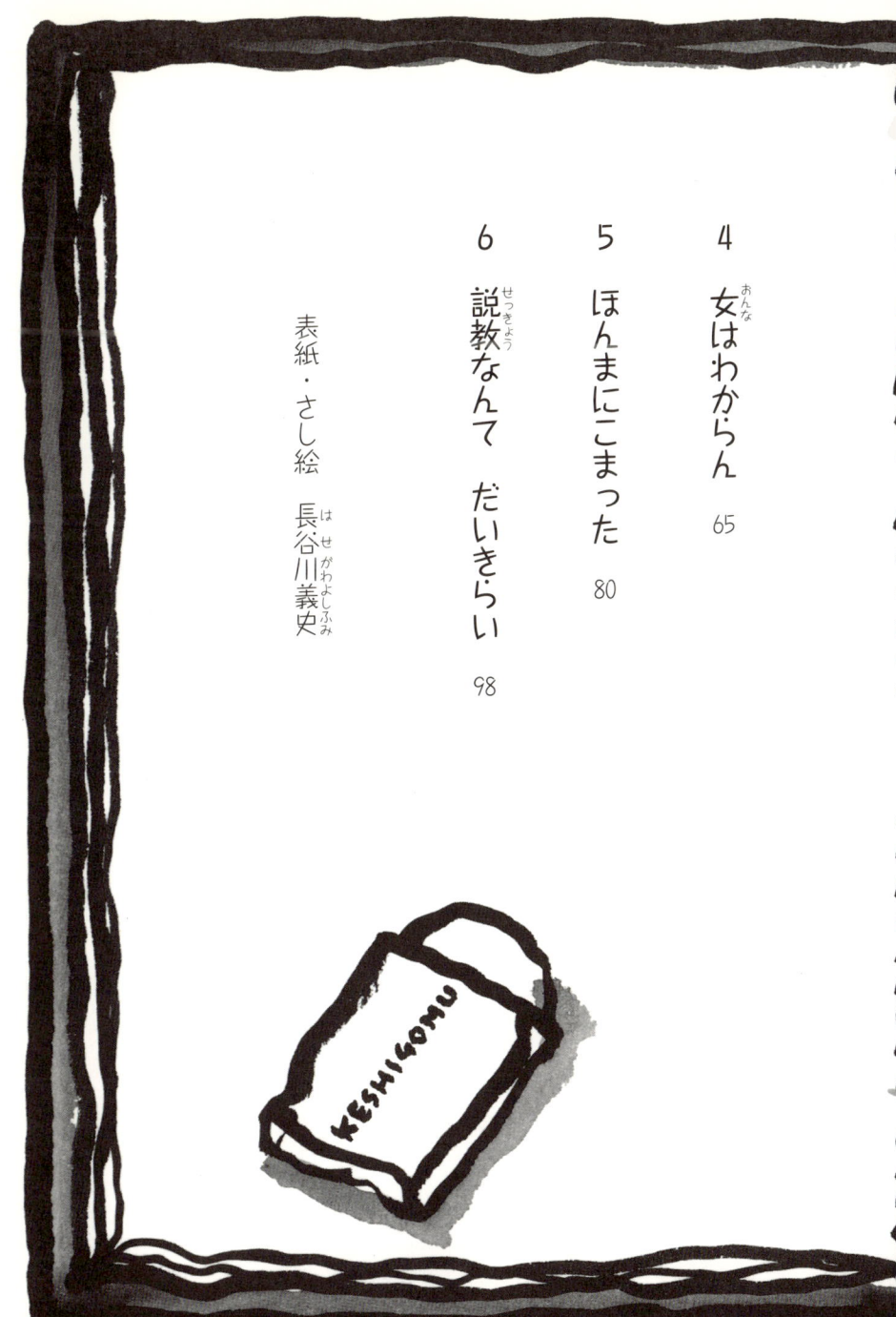

かめきちの
おまかせ自由研究《じゆうけんきゅう》

1　くさいんや

ぼくは、石垣《いしがき》けいこちゃんとふたりで、南《みなみ》の島《しま》にいた。

太陽《たいよう》の光《ひかり》が、さんさんとふりそそぎ、青《あお》や赤《あか》やむらさきの鳥《とり》が、とびまわる。

目《め》の前《まえ》にひろがる、まっさおな海《うみ》。

おきには、白《しろ》やピンクのさんごがゆれる。

「かめきちくんのおよぐすがた、はやく見《み》たいわ」

「じゃ、いっしょにいこ」

「でもわたし、うまくおよげない」

「だいじょうぶ。ぼくが、おしえてあ

げる。じゃ、さいしょに、バタ足《あし》の練習《れんしゅう》からや。さあ、海《うみ》へはいろう」

ぼくとけいこちゃんは、海水《かいすい》で体《からだ》をぬらした。

「おーい、かめきち」

よばれてふりむくと、砂浜《すなはま》に、いつのまにか、
かあちゃんがいる。

（なんで、こんなところに？）

しかも、屋台《やたい》で、たこやきを売《う》っている。

「かめきちぃー」

かあちゃんがさけぶ。

「かめきち、かめきち、かめきち……」

「コラッ、おきんか、かめきち」

「うわぁ！」

目《め》の前《まえ》に、かあちゃんの顔《かお》。

「いつまでねてるんや。夏休《なつやす》みやからいうて、昼《ひる》までねてるアホがおるか」

まだ、頭《あたま》の中《なか》が、ぼんやりしていた。

南《みなみ》の島《しま》も、青《あお》くすきとおった海《うみ》も、けいこちゃんも、みんな消《き》えてしまった。

のこったのは、本物《ほんもの》のかあちゃんだけ。

「ほら、どかんかい。ふとんほさな、あせくさいやろ。宿題《しゅくだい》はどうしたんや。きょう、自由研究《じゆうけんきゅう》を考《かんが》える、いうてたやないか」

「こんなに暑《あつ》いのに、できるわけない」

この家《うち》、電気代《でんきだい》がもったいないといって、昼間《ひるま》のクーラーは禁止《きんし》だ。

「夏《なつ》は暑《あつ》いて、きまってるんや！」

かあちゃん、ひたいにあせをにじませて、せまってくる。

遠《とお》くから見《み》てもこわいけど、近《ちか》くで見《み》るともっとこわい。

妹《いもうと》のこいちゃんは、友《とも》だちとプールへでかけていた。

おきて、ごはん食《た》べて、ぼーっとして、アイス食《た》べて、ぼーっとして、せんぷうきにあたって、マンガ読《よ》んで、ぼーっとしてたら、一日《にち》がおわってしまった。

自由研究《じゆうけんきゅう》のことを考《かんが》えないといけないのに、頭《あたま》の中《なか》、セメントみたいにかたまっている。

夜《よる》になって、とうちゃんが帰《かえ》ってきた。とうちゃんがふろにはいると、やっとクーラーがかかる。

ぼくもいっしょに、ふろにはいった。

とうちゃんは、はだかになるとき、へんなくせがある。あせべっとりの、シャツのにおいをかぐのだ。しかも、うれしそうに。

「なんで、においかぐんや。くさいやろ」

ぼくがいうと、

「アホ。これが、たたかってきた男《おとこ》のにおいや」

わけのわからないことをいう。

ミケも、においをかぐのがすきだ。

ねこのくせに、またたびより、とうちゃんがぬいだくつ下《した》のほうが、すきみたいだ。

ヒクヒク鼻《はな》にしわをよせて、くつ下《した》のにおいをかぐと、安心《あんしん》して、その上《うえ》にねころぶ。

「きたないやろ。ほら、どかんかい」

かあちゃんが足《あし》でおいはらう。

「なあ、とうちゃん。夏《なつ》はなんで、暑《あつ》いのやろ」

ふろの中《なか》で、ぼくはきいてみた。

「アホ、そんなこともわからんのか。夏《なつ》もさむかったら、どっちが夏《なつ》か冬《ふゆ》か、わからんやろ」

「とうちゃんのほうが、わからんわ」

「それより、宿題《しゅくだい》やったんか?」

ほらきた。

おとなは、みんなこれ。

子《こ》どもの顔《かお》を見《み》ると、「宿題《しゅくだい》やったか」と、「大《おお》きくなったら、なんになるんや」、こればっかり。

そんなもん、わかるかい。

「そや、とうちゃん。小学校《しょうがっこう》のときの自由研究《じゆうけんきゅう》って、どんなことやった?」

ぼくはきいてみた。

すると、とうちゃん、ぽかんとした顔《かお》になって、

「そうやな。そういえば、おぼえてない。なんかやったやろけど」

そして、そのあと、いつものじまん話《ばなし》がはじまった。

六年生《ねんせい》の夏休《なつやす》み、とうちゃんは友《とも》だちとふたり、自転車《じてんしゃ》で、四国《しこく》を一周《しゅう》したのだ。

そして、いつもさいごは、

「ええか、かめきち。勉強《べんきょう》なんかせんでもええ。いつまでも、思《おも》い出《で》にのこるようなことを、やってみい」

そのことば、かあちゃんの前《まえ》でいってほしい。

ふろからでて、ばんごはん。

体《からだ》がスーっとして、きもちがいい。

けど、自分《じぶん》のせきにすわったとたん、いやなにおい。

なんやこれ？　どっからくるんや？　あ、アジや！

ぼくは、皿《さら》の上《うえ》のアジの塩《しお》やきに、鼻《はな》を近《ちか》づけた。

「かあちゃん、このアジ、ちょっとくさいで」

「三尾《び》で、百円《えん》や。くさくてあたりまえ」

かあちゃんは、ぜんぜん平気《へいき》。

「レモンかけて食《た》べ」

ぼくとうちゃんは、レモンをいっぱいしぼった。

こいちゃんも、レモンを取《と》ろうとすると、

「あっ、こいのは、だいじょうぶやで。ええの買《か》ってきたから」

「なんでや！」

ぼくはにらんでやった。

「こいは女《おんな》の子《こ》や。まだ一年生《ねんせい》やし。かめきちは三年生《ねんせい》やろ。おちんちんもついてる」

「それやったら、おちんちんいらん。こいちゃんにやる」

「なに、アホなこというてるんや。ほら、とうちゃんを見《み》てみぃ。だまって食《た》べてるやろ」

「わっ、ほんまや」

もう片身《かたみ》を食《た》べおわって、ひっくり返《かえ》そうとしている。

けど、とうちゃんはいい。くさいのがすきなのだ。

「鼻《はな》がとりはずせたら、ええのにな」

とうちゃんがいった。

するとかあちゃん、

「そんなことできたら、かあちゃん、もっときれいな鼻《はな》つけるのに。どうしよ、なんぼでも、きれいになってしまうわ。フフフッ」

きもち悪《わる》い声《こえ》でわらった。すかさずとうちゃん、

「おまえは、鼻《はな》だけではアカンやろ。ぜんぶかえんと。ついでに性《せい》格《かく》も、かえてもらえ」

「なんやて！」

とうちゃんとかあちゃんが、にらみあう。

アカン！　けんかになる！

ぼくはあわてていった。

「なあ、なんで、鼻《はな》は顔《かお》にくっついてるんやろ」

「えっ？」

よかった。ふたりとも、こっちをむいた。

「なあ、とうちゃん。なんでや？」

とうちゃんは、ちょっと考《かんが》える。ぜったい『わからない』とは、いわないタイプだ。

「そんなもんおまえ……へそについてたら、においかぐとき、いちいち服《ふく》をぬがんといかん。それではめんどうや」

そして、ニシャリとわらって、

「それにかめきち、ケツについててみ。へぇこいたとき、くさくてかなわんで。なあ、かあちゃん」

「ええかげんにしときや」

かあちゃんが、とうちゃんをにらみつけた。

「目《め》は口《くち》ほどにものをいうか……」

とうちゃんが、ぼそっとつぶやいた。

そのときだ。

「これ、いや！」

こいちゃんがさけんだ。

そして、ひややっこの皿《さら》を、かあちゃんにつき返《かえ》した。

「どないしたんや。おとうふきらいになったのか？　いつも食《た》べてるのに」

こいちゃんは、首《くび》を横《よこ》にふった。

「トイレのにおいがする」

みんな、顔《かお》を見《み》あわせた。

「へっ、トイレてか？」

かあちゃんが皿《さら》をとって、鼻《はな》を近《ちか》づけた。

とうふの上《うえ》には、いつものかつおぶしのかわりに、きょうは、みそがのっている。

ぼくは、おいしいと思《おも》って食《た》べていた。

「なんでや。ゆずみその、ええかおりやないか。どこがトイレや」

「ちゃう、トイレや」

こいちゃんは、ゆずらない。

「ああ、そうか。トイレのほうこうざいや。いつも、シュッシュしてるやつのにおいが、このゆずと、おなじにおいなんや。なあ、こいちゃん」

とうちゃんは、すぐに台所《だいどころ》へいって、新《あたら》しいとうふを切《き》ってきた。上《うえ》には、かつおぶしがてんこもりだ。

「こっちがいい」

こいちゃんも、これでニコニコだ。

「そうかなぁ?」
かあちゃんは、まだ首《くび》をひねっている。
ミケが、かつおぶしにつられて、こいちゃんのひざにとびのった。
おねだりだ。
やっぱり、くつ下《した》のにおいをかいでるより、こっちのほうがねこらしい。
ミケの、ふかふかのおしりを、なでてあげた。
けど、疑問《ぎもん》がのこった。
どうして、鼻《はな》は顔《かお》にあるのだろう。目《め》も口《くち》も耳《みみ》も鼻《はな》も、みんな顔《かお》にあつまっている。
近《ちか》くの、東町通《ひがしまちどお》り商店街《しょうてんがい》の、肉屋《にくや》と魚屋《さかなや》と八百屋《やおや》と花屋《はなや》みたいに、よりそっている。
なんでやろ?

2　ポテチのふくしゅう

宿題《しゅくだい》が進《すす》まない。

こいちゃんは気楽《きらく》でいい。

あさがおが、きょうはいくつさきましたって、お絵《え》かきしてたらいい。

ぼくは、そういうわけにいかない。アタマを使《つか》わないといけない。

昼《ひる》ごはんがおわってから、しんごの家《いえ》に行《い》ってみた。

あいつなら、何《なに》か考《かんが》えているはず。しんごはぼくより、ちょっとだけアタマがいい。ほんのちょこっと。くじ引《び》きなら、七等《とう》のガムと八等《とう》のアメくらいのちがいだ。

しんごは、犬《いぬ》のポテチをいじめて遊《あそ》んでいた。

「また、ポテチいじめてるんか」

「ちがう、実験《じっけん》や」

ポテチの口《くち》に輪《わ》ゴムをはめて、ポテチが前足《まえあし》二本《ほん》でひっしにはずすのを見《み》て、よろこんでいる。

ポテチはころがりながら、つらそうにヒンヒンないている。

「どこが実験《じっけん》や」

「何本《なんぼん》まで自分《じぶん》ではずせるか、時間《じかん》はかって、実験《じっけん》してるんや」

ポテチが、やっと輪《わ》ゴムをはずした。

「一分《ぷん》五十秒《びょう》。つぎ四本《ほん》や。かめきちもやってみるか」

「そんなの、かわいそうや」

けど、おもしろそう。

ぼくは、ポテチにヘッドロックをきめて、輪《わ》ゴムを四本《ほん》、口《くち》にはめた。

「ポテチがんばれ」

しんごが時計《とけい》をにらむ。

「しんご、もしかして、これ自由研究《じゆうけんきゅう》か」

「あたりまえや」

「こんなんしたら、こぼり先生《せんせい》におこられるで」

「なんでや。先生《せんせい》、いうてたやろ。使《つか》えるものは、なんでも使《つか》えて」

たしかにそういった。

けど、ちょっと意味《いみ》がちがうような気《き》がする。

「やっぱり、こんなん、自由研究《じゆうけんきゅう》やないで」

「どこが？」

ボラオ

そのとき、やっとポテチが輪《わ》ゴムをはずした。もうやめて、という目《め》で見《み》ている。

「つぎ、五本《ほん》や」

しんごが、また輪《わ》ゴムをふやした。

ポテチの口《くち》のまわりには、輪《わ》ゴムのかたちがくっきりのこっている。前《まえ》に、まゆ毛《げ》をかかれたときより、ケッサクな顔《かお》になった。

けっきょく七本目《ほんめ》で、ポテチはギブアップした。

「部屋《へや》に行《い》って、アイス食《た》べよ」

しんごは、ちらかった輪《わ》ゴムをひろった。

ちらっとポテチのほうを見《み》ると、こわい顔《かお》でぼくをにらんでいた。

ばんごはんのとき、この話《はなし》をしたら、かあちゃんがおこった。

「なんちゅう、アホなことするねん。そんなことしたら、いまは、警察《けいさつ》につかまるねんで」

「警察《けいさつ》？」

「そや。動物《どうぶつ》いじめたら、ろうやにほうりこまれて、死刑《しけい》や」

『死刑《しけい》』ときいて、ぞっとした。

あわてて、いいわけをさがした。

「しんごがやってたんや。ぼくは横《よこ》で見《み》てただけや」

「ホンマに、見《み》てただけか」

「ホンマや」

「うそついても、わかるんやで」

「ぜったいや」

そういったとき、げんかんのチャイムが鳴《な》った。

げんかんをあけると、男《おとこ》がふたり立《た》っていた。

「池野《いけの》かめきちくんですね」

背《せ》の高《たか》いほうの男《おとこ》がいった。

ぼくがうなずくと、

「いっしょに、警察《けいさつ》まできていただけますか」

ぼくのほうに、手《て》をさしだした。

ぼくは、ちょっとあとずさりして、ふり返《かえ》った。かあちゃんも、とうちゃんも、つめたい目《め》でぼくをにらんでいる。

「ほら、みてみぃ。いわんこっちゃない。どうぞ、つれていって」

「なんでや」

ぼくはいおうとしたけど、のども口《くち》もカラカラで、声《こえ》がでなかった。

ふたりの男《おとこ》は、ぼくを両《りょう》わきからかかえると、家《いえ》の前《まえ》にとめてあった車《くるま》に

おしこんだ。

ぼくは、警察署《けいさつしょ》の中《なか》の、小《ちい》さな部屋《へや》につれていかれた。

『取《と》り調《しら》べ室《しつ》』

テレビで見《み》たのと、おなじだ。

「きみには、もくひするけんりがあります。いいたくなければ、話《はな》さなくてけっこう。しかし、裁判《さいばん》のとき、あなたにとって、不利《ふり》になることがありますので……」

ぼくは、

『裁判《さいばん》』

ときいて、ビビッてしまった。

刑務所《けいむしょ》にいれられたら、どうしよう。

テレビはあるのだろうか？

「……被害届《ひがいとどけ》が、でていましてね。東町《ひがしまち》三丁目《ちょうめ》の犬山《いぬやま》ポテチさん。もちろん、ごぞんじですよね。かめきちさん」

「ポ、ポ、ポテチ……犬《いぬ》やないか」

「そうです。犬《いぬ》の、ポテチさんです。あなた、犬《いぬ》をあまく見《み》てはいけませんよ」

刑事《けいじ》さんが紙《かみ》をだして、読《よ》む。

わたしの名前《なまえ》は、犬山《いぬやま》ポテチです。本日《ほんじつ》、七月《がつ》二十九日《にち》、午後《ごご》一時《じ》四十分《ぷん》ごろ、昼《ひる》ねをしていたわたしは、とつぜん、頭《あたま》の悪《わる》そうな子《こ》どもに、首《くび》をしめられ、口《くち》に輪《わ》ゴムをはめられました。
その後《ご》、三十分《ぷん》にわたって、このいじめがつづきました。
どうか、この子《こ》どもをつかまえて、重《おも》いばつをあたえてください。

犬山《いぬやま》ポテチ

刑事《けいじ》さんは、その紙《かみ》と、一まいの写真《しゃしん》をぼくの前《まえ》においた。

「まちがい、ありませんね」

まぎれもなく、ポテチの写真《しゃしん》。口《くち》のまわりには、くっきり輪《わ》ゴムのあと。

おまけに、紙《かみ》のさいごには、ポテチの手《て》がたまでおしてあった。

こうさんするしかない。

ぼくはいろいろきかれたあと、ろうやにいれられてしまった。いっしょにいじめてたしんごのことは、だれも何《なに》もいわない。

ぼくひとりが悪者《わるもの》になってる。ぼくはひとりさびしく、ろうやでねむった。

朝《あさ》になって、家族《かぞく》が面会《めんかい》にきた。

「かめきち、ちゃんと罪《つみ》をみとめて、つぐなわなアカンで」

かあちゃんが強《つよ》い声《こえ》でいった。

でも、とうちゃんは、

「かめきち、がんばれ。野球《やきゅう》は、ツー・アウトからや」

へんなことをいっている。

こいちゃんが、なんかくれた。

「おにいちゃん、おまもり」

おり紙《がみ》で作《つく》ってある。

「ありがとう」

こいちゃんの顔《かお》は、まともに見《み》られなかった。きっと、けいべつされてる。

昼《ひる》から、裁判《さいばん》があった。

ぼくは、

三日間《みっかかん》、犬《いぬ》の刑《けい》

になってしまった。
三日《みっか》のあいだ、犬《いぬ》になるのだ。
こわい顔《かお》をした男《おとこ》たちが、犬《いぬ》のぬいぐるみみたいなものを、ぼくに着《き》せた。
それも、花《はな》がらもようの犬《いぬ》だ。
(こんな犬《いぬ》、いやや！)
そうどなったつもりが、
「ワワン、キャイーン」
としかいえない。
しゃべれないのだ。
(くそ！　にげるんや)
ところが、立《た》ちあがろうとしても、二本足《ほんあし》で立《た》てなかった。

（えらいことに、なってしもた）

オロオロしているうちに、首輪《くびわ》とくさりをつけられてしまった。

「それでは、行《い》きましょうか」

ぼくは、車《くるま》に乗《の》せられた。車《くるま》は、少《すこ》し走《はし》ると、どこかの家《いえ》の前《まえ》でとまった。

おろされてみると、目《め》の前《まえ》にお寺《てら》の門《もん》。

（いやな予感《よかん》。まさかここは……）

石《いし》だたみのむこうから、女《おんな》の子《こ》が歩《ある》いてきた。

「それじゃ、この犬《いぬ》、三日《みっか》のあいだ、おねがいしますね」

こわい顔《かお》の男《おとこ》が、女《おんな》の子《こ》にくさりをわたす。

「はい、だいじにします」

（やっぱり、こいつや）

宮間《みやま》ひとみ。ぼくらのクラスで、ぼうりょく女《おんな》といわれている。寺《てら》のむすめのくせに、すぐ力《ちから》にうったえる。体《からだ》もでかい。

そのうえ、頭《あたま》もいいから、ぼくやしんごでは、歯《は》が立《た》たない。

ひとみは、いやがるぼくを引《ひ》っぱった。

「おかあちゃん。きのういうてた、刑務所犬《けいむしょけん》がきたよ」

「ひゃっ、ひゃっ、なんやこれ。花《はな》がらもようの犬《いぬ》やなんて、はじめて見《み》たわ。けど、そんなに悪《わる》そうな顔《かお》はしてないな」

「うん。どっちかいうたら、アホっぽい」

「あの子《こ》ににてるな。ひとみのクラスの、でぶがめくん」

「ちがう、どんがめや」

「そうそう、どんがめ、どんがめくん」

「どっちにしても、マヌケな顔《かお》や。キャハ」

くそっ！　ふたりでもりあがってる。

(おれは、かめきちゃ。どんがめやない)
ぼくは、思《おも》いきりさけんだ。
けど、でてきたのはやっぱり、
「ワン、ワ、ワン」
だ。
「そうか、さんぽに行《い》きたいって、
いうてるんやろ」
ひとみは、首《くび》のくさりを引《ひ》っぱって、
自転車《じてんしゃ》にとびのった。
「はよ走《はし》りや」
ひとみは通《とお》りへでると、楽《たの》しそうに
ペダルをふんで、ぐいぐいくさりを引《ひ》っぱった。

むちゃくちゃスピードをあげる。
首輪《くびわ》がしまって苦《くる》しい。
(またんか、くそっ。動物《どうぶつ》をいじめたら、アカンやろ!)
ぼくはいったけど、
「キャン、キャン、ワイーン」
しか、いえない。
「なんや、根性《こんじょう》なし」
ひとみが、またスピードをあげた。
(なんちゅうやつや、このくそったれが。そうや、くそたれたろ。犬《いぬ》やもん、
平気《へいき》や)
ぼくは、ぜんぶの足《あし》をふんばって、自転車《じてんしゃ》をとめた。
ウンチをすると、ひとみがスコップとふくろをもって、自転車《じてんしゃ》からおりて

きた。
（さあ、しまつしてや、ご主人《しゅじん》さま）
――バチコーン――
（な、なにするんや）
ひとみは、いきなりぼくの頭《あたま》をなぐった。しかもスコップで。
「こら、むだなウンチするな」
ひとみがどなる。
やっぱり、おそろしい女《おんな》や。
ぼくはしっぽをまるめて、地面《じめん》にはいつくばった。
「ほら、行《い》くで」
ぼくは、ひっしに走《はし》った。
自転車《じてんしゃ》は、川《かわ》の土手《どて》まできて、やっととまった。

そのときだ。むこうから、女《おんな》の子《こ》が、自転車《じてんしゃ》に乗《の》って走《はし》ってきた。まっ黒《くろ》な犬《いぬ》をつれている。

こっちを見《み》て、女《おんな》の子《こ》が手《て》をふった。

けいこちゃんだ。ぼくの大《だい》すきな、石垣《いしがき》けいこちゃん。

でも、犬《いぬ》なんか、かってたやろか。

(あっ、しんごや)

黒犬《くろいぬ》のしんごが、ぼくを見《み》てわらった。しんごも犬《いぬ》にされてしまったのだ。

けいこちゃんが、自転車《じてんしゃ》をとめて、おりてきた。

「ひとみちゃん。自由研究《じゆうけんきゅう》、なんかいいのあった?」

ふたりは、草《くさ》の上《うえ》にすわった。

「ゆでたまごはどう? ゆでる時間《じかん》をかえて観察《かんさつ》するの。三分《ぷん》、五分《ふん》、八分《ぷん》って。あと、たまごを酢《す》につけると、からだけとけるねんて。おもしろそう

やろ。けいこは？」

「うん。いろんなもんの、しるを調《しら》べるのはどうやろ。あさがおの花《はな》や、なすびや、ブドウの皮《かわ》のしるを、酢《す》や石《せっ》けん水《すい》につけて、色《いろ》の変化《へんか》を見《み》るんや」

やっぱり女《おんな》の子《こ》はちがう。まじめに考《かんが》えている。しんごとは大《おお》ちがいだ。

（こら、しんご。おまえのせいやぞ。だいたい、おかしいやないか。なんでおまえが、まっ黒《くろ》なドーベルマンで、おれが花《はな》がら犬《けん》なんや）

（そんなん、知《し》るか。でもかめきち、おまえは、犬《いぬ》になっても、デブやな）

（ほっとけ。おれはな、えらい目《め》におうてるんや）

（おまえはまだ、修業《しゅぎょう》がたりん。むかしからいうやろ。わかいうちの苦労《くろう》は、買《か》ってでもしろって）

（いらん。ほしかったら、なんぼでも売《う》ってやる）

そのときだ。

「あんたら、キャンキャン、ワンワン、うるさいで」

ひとみがどなった。

ぼくもしんごも、ちぢみあがった。

けいこちゃんとひとみは、あしたあうやくそくをすると、手《て》をふってわかれた。

また、走《はし》らなアカン。

ふりむくと、しんごは、楽《たの》しそうに走《はし》っている。しっぽまでふって。

「ほら、ぼーっとするな」

ひとみが、またこわい顔《かお》でにらんだ。

3　とうちゃん　だまってしもた

三日間《みっかかん》がすぎて、やっと家《いえ》にもどしてもらった。

さあ、夏休《なつやす》みのやりなおしだ。けど、なんかまだ、しっぽがついているような気《き》がする。

「ええか、かめきち。もう二度《ど》と、犬《いぬ》をいじめたらアカンで」

かあちゃん、まだ声《こえ》がおこってる。

「どや、ひと皮《かわ》むけて、おとなになったんとちがうか。このばあい、ひと犬《いぬ》むけたっていうべきかな」

とうちゃんは、あいかわらずアホな

ことをいって、わらってる。

ムシャ、ムシ。

ひさしぶりに自分《じぶん》の部屋《へや》で昼《ひる》ねができると思《おも》ったら、しんごがやってきた。

「おもろかったな、かめきち」

しんごは、ぜんぜんこりてない。

「そーや、おもろかった、おもろかった」

ぼくは、ヤケクソでいった。

「それで、なにしにきたんや。つぎは、なにいじめるねん」

「ちがうて。いっしょに自由研究《じゆうけんきゅう》しよう思《おも》って、きたんや」

ぼくはだまっていた。

こいつといると、ろくなことがない。

「この前《まえ》、けいことひとみがいうてたやろ、自由研究《じゆうけんきゅう》。あのふたり、けっきょくたまごのほう、することになったんや。そやから、しるのほうの実験《じっけん》、おれたちでもらお」

ぼくは、ちょっとだけ感心《かんしん》してしまった。

さすがしんご。ころんでも、ただではおきない。

「けど、やりかたわかるのか?」

「だいじょうぶ。ちゃんと、やりかた書《か》いたノート、かりてきたで」

「そんなもんかりたら、またあいつらに、バカにされるで」

「だいじょうぶ。だまってかりてきた」

やっぱりや。

自由研究《じゆうけんきゅう》の実験《じっけん》は、花《はな》やくだもののしるを、お酢《す》や石《せっ》けん水《すい》につけて、色《いろ》の変化《へんか》を見《み》る。

材料《ざいりょう》をそろえるため、かあちゃんにいって、お金《かね》をもらった。

「へェー。ちょっとは、まともなことも考《かんが》えるんやな」

三千円《えん》もくれた。

いつもこれくらい、気前《きまえ》がいいとうれしい。いいおこないは、つづけないと意味《いみ》がないって、こぼり先生《せんせい》もいっていた。

東町通《ひがしまちどお》り商店街《しょうてんがい》は、すぐ近《ちか》くだ。しんごと歩《ある》いていくことにした。

商店街《しょうてんがい》の入口《いりぐち》には、定食屋《ていしょくや》さんがある。

まっすぐ行《い》って、つきあたりの薬局《やっきょく》を右《みぎ》にまがると、肉屋《にくや》、魚屋《さかなや》、八百屋《やおや》、花屋《はなや》のじゅんにならんでいる。

歩《ある》いているうち、ふと、この前《まえ》のことを思《おも》いだした。

「しんご。なんで鼻《はな》は顔《かお》にくっついてるか、わかるか?」

ぼくはきいてみた。

しんごは、へんな顔《かお》でぼくを見《み》たまま、だまってる。

「あのな。なんで、口《くち》も耳《みみ》も鼻《はな》も、顔《かお》にあるんやろ?」

しんごが立《た》ちどまった。

「おまえ、アタマにウニわいてんのとちがうか?」

「うに?」

「のうみそが、ウニウニしてるんやろ。そんなしょーもないこと考《かんが》えてたら、アカンで」

「そうかなぁ」

ばかにされたみたいで、ちょっとはらが立《た》った。

「そしたらな……」

しんごがいう。

「……なんで、八百屋《やおや》で魚《さかな》を売《う》ってないかわかるか?」

「えっ？　なんで、いわれても……」

「それとおなじこっちゃ」

ぼくらは八百屋《やおや》で、リンゴ、ブドウ、なすびやきゅうりを買《か》った。

家《いえ》にもどって、まず皮《かわ》をむく。ガーゼを切《き》って、やさいや、くだものの皮《かわ》のほうのしるをすりこんだ。

しんごは、もってきたカメラで写真《しゃしん》をとった。

酢《す》と、石《せっ》けん水《すい》を用意《ようい》して、実験開始《じっけんかいし》だ。

「そや、あさがおさいてたな。ちょっともらっていいやろ」

しんごが外《そと》にでていった。

もどってきたしんごの手《て》を見《み》て、

「わっ！　なにするねん」

あさがおの花《はな》を、両手《りょうて》いっぱいにもっている。

「それ、こいちゃんのやで。なんで、そんなにいるんや」

「多《おお》いほうが、写真《しゃしん》をとったとき、きれいやろ。それにまださいてる。心配《しんぱい》すな」

ほんまやろか。

でも、こいちゃんの性格《せいかく》なら、わけを話《はな》せば、だいじょうぶやろ。

気《き》をとりなおして、実験開始《じっけんかいし》だ。

ブドウは、石《せっ》けん水《すい》につけたら、青《あお》っぽくなった。なすびやあさがおも色《いろ》が変《か》わった。酢《す》につけるとピンク色《いろ》。

おもろい、おもろい。

ひとつひとつ、結果《けっか》をメモする。

でも、そこで、疑問《ぎもん》がわいた。

「これ、実験《じっけん》するのはいいけど、なんでこんなふうに、色《いろ》がかわるんやろ」

「えっ？　なんで、いわれてもなぁ」

しんごもわからない。けいこちゃんのノートを見《み》ても、どこにもそれは書《か》かれていない。

「そこまで考《かんが》えんかて、ええやろ。子《こ》どもやねんから」

しんごは、めんどうくさそうにいった。

「けど、なんか理由《りゆう》を書《か》かんと、アカンやろ。自分《じぶん》で考《かんが》えることがだいじやて、こぼり先生《せんせい》もいうてた」

「そんなら……運命《うんめい》や、こいつらの」

「運命《うんめい》て」

「そうや。そういう、運命《うんめい》なんや。ほかにあるか」

ぎゃくにきかれてもこまる。わかるはずがない。

ぼくはしかたなく、

『理由《りゆう》＝そういう、運命《うんめい》なんや』

と、書《か》いた。

けど、先生《せんせい》は、これでなっとくしてくれるだろうか。

「つぎ、ももいこか」

しんごがいったとき、げんかんのほうが、さわがしくなった。

「おかあちゃーん」

こいちゃんがよんでる。

ろうかを走《はし》る足音《あしおと》。

げんかんがあいたりしまったり、いそがしい。そして、またろうかを走《はし》る足音《あしおと》。

「こら、かめきち！」

かあちゃんの声《こえ》と、ドアがあいたのとが、同時《どうじ》だった。

「かめきち、あんた、こいのあさがおに、なにしたんや」

両足《りょうあし》に、気合《きあい》がはいっている。

「ちょ、ちょっと、もろただけや」

「なにがちょっとや。せっかくこいが、友《とも》だちつれてきたのに、なんちゅう、ひどいことするんや。それでもにいちゃんか。ちょっと、こっちへきてみぃ」

ぼくは、かあちゃんに引《ひ》きずられて、外《そと》へでた。

「ほら、見《み》てみ」

「あ、ほんまや」

こいちゃんのあさがお、もう二こしか、花《はな》がのこってない。

「どないするんや。ちゃんと責任《せきにん》とりや。ほんま、かあちゃんなさけないわ」

とにかく、こいちゃんにあやまろうと、ぼくは家《いえ》の中《なか》にはいった。

しんごは、いつのまにか帰《かえ》っていた。

まあ、なんとかなるやろ。

こいちゃんの部屋《へや》をノックしてみた。

へんじがない。

「あけるで」

中《なか》にはいると、こいちゃんは、タオルケットを頭《あたま》からかぶって、ベッドでまるまっていた。

「こいちゃん、ごめんな。実験《じっけん》で……」

「こんといて！」

アカン。本気《ほんき》でおこっている。

「にいちゃんな、夏休《なつやす》みの……」

「こんといて！　こんといて！　こんといてって！」

アカン。三連発《れんぱつ》や。

なだめるのは、むりみたいだ。

ぼくはあとずさりして、ドアをそっとしめた。


夜《よる》、ごはんを食《た》べるつもりで、台所《だいどころ》へ行《い》くと、

「かめきちは、ごはんぬきやからな」

かあちゃんのいかりがとんできた。

「部屋《へや》できっちり反省《はんせい》しとり」

サイアクだ。

こいちゃんも、じろっとにらんできた。うしろを通《とお》るとき、

「どんがめ」

ぼそっと、いった。

おこってもしかたないから、部屋《へや》にもどって、昼間《ひるま》の実験《じっけん》をノートにまとめた。写真《しゃしん》をはるスペースとかも、考《かんが》えないといけない。

八時《じ》をすぎて、もうれつにおなかがすいてきた。いつもなら、こいちゃんがおかしをそっともってきてくれるけど、きょうは、おこっているのがこいちゃん自身《じしん》だ。

げんかんがあいた。

とうちゃんが帰《かえ》ってきたみたい。

すぐに、かあちゃんといい合《あ》いになった。

「メシぐらい食《く》わしたれや」

とうちゃんの声《こえ》がひびく。

がんばれ、とうちゃん。

「あんたは、あますぎるんや。あんなことでは、まともなおとなにならんで」

かあちゃんのほうが、声《こえ》がデカイ。

「そやから、それとこれとは、話《はなし》がちがうやろ」

そうや。とうちゃん、もっというたれ。

「なにが、どうちがうんや。悪《わる》いことして、バツをあたえるのが、どう悪《わる》いのや」

「そやから……」

「そんなにかめきちのカタもつのなら、あんたもごはん食《た》べんでもええ」

「いや……」

「なんや、まだいうことあるんか」

「……」

あれっ？

とうちゃん、もうだまってしまった。
がんばれ、とうちゃん。
どうした、とうちゃん。
げんかんのあく音《おと》がした。
だれかでて行《い》った。
とうちゃんにきまっている。けんかしてでていくのは、いつもとうちゃんだ。
少《すこ》しして、とうちゃんが帰《かえ》ってきた。
すぐに、ぼくの部屋《へや》のドアがあいた。
とうちゃんが、コンビニぶくろをもって、はいってきた。
「かめきち、メシくお」
さすがとうちゃん。

ふくろから、やきそばや、おにぎりや、からあげがでてきた。おかしもある。

「かんぱいしょうか」

とうちゃんはビール。ぼくはジュース。

「かんぱーい」

「なんか、キャンプにきたみたいやな、とうちゃん」

「ほな、もうちょっと、暗《くら》くしょうか」

「うん」

ふたりで、かあちゃんの悪口《わるくち》をいっぱいいった。

だんだん楽《たの》しくなってきた。

よっぱらってくると、とうちゃんのじまん話《ばなし》が、またはじまった。四国《しこく》一周《しゅう》の話《はなし》だ。

「高知《こうち》の海《うみ》はええぞ。海《うみ》の色《いろ》がちがうんや。この海《うみ》のむこうが、アメリカや
と思《おも》うと、みぶるいしたな」

でも、とうちゃんはお酒《さけ》に弱《よわ》いから、ビールを二本《ほん》のむと、すぐに横《よこ》になってしまった。

「な、かめたん。思《おも》い出《で》は、一生《いっしょう》のたからもの……」

なんか、ぶつぶついいながら、ねてしまった。

ぼくも、おなかがいっぱいになったし、ノートのつづきはあしたにして、ねむることにした。

とうちゃんのいびき、ちょっとうるさいけど、ひさしぶりにそばできいて、ウレシイ気分《きぶん》になった。

4　女《おんな》はわからん

つぎの日《ひ》、昼前《ひるまえ》にしんごがやってきた。きのうのことがあるから、しばらくウチには近《ちか》づかないかと思《おも》っていたら、ちがった。

ぼくがでていくと、いきなり、

「おばちゃん、よんでくれ」

と、いった。

かあちゃんをよぶと、

「おばちゃん、きのうごめんな。おわびにこれ、こいちゃんに買《か》ってきた」

しんごのやつ、ふくろをかあちゃんにわたした。中《なか》から、ひまわりの花《はな》のついた、ビーチ・サンダルがでてきた。すいかのビーチ・ボールもはいっている。

かあちゃんのこわい顔《かお》が、きゅうに、へろーんってなった。

「ありがとう、しんごくん。おこづかいで買《か》ったんか。そうか、ちょっとまっててね。こいちゃん、よんでくるから」

こいちゃんも、新《あたら》しいサンダルもらって、ニコニコだ。さっそく、ビーチ・ボールをふくらませた。中《なか》のすずが、チロチロなってすずしそうだ。

「おかあちゃん、きょう、プールにもっていってもええか？」

「ええで、ええで」

ぼくはそのあいだ、ただぼーっと立《た》って、見《み》ているしかなかった。

「かめきち。おまえもちょっとは、見《み》ならったらどうや」

こいちゃんも、ちらっとぼくを見《み》た。目《め》がまだおこってる。立場《たちば》あらへん。

しんごとぼくは、部屋《へや》で自由研究《じゆうけんきゅう》のノートを完成《かんせい》させた。かあちゃんは、
だいじなお客《きゃく》さんがきたときみたいに、ブドウや
クッキーを、おぼんにのせてもってきた。
サンダルとビーチ・ボールで、すごいききめだ。
「おまえとこにきて、こんなあつかいされたの、
はじめてや」
しんごはブドウを、ばくばく食《た》べた。
「あたりまえや。おれかて、こんなこと
されたことない。そやけど、しんご、
おまえなんであんなこと、できるねん」
しんごはちょっと首《くび》をかしげた。
「とうちゃんを見《み》て、育《そだ》ってるからやろ。

かあちゃんとけんかすると、すぐに物《もの》を買《か》ってキゲンとる。女《おんな》は物《もの》に弱《よわ》いねんて」

うちのとうちゃんなら、ぜったいそんなことしない。てっていてきに、たたかう。すぐに負《ま》けるけど。

「しんごのとうちゃん、やさしいんや」

「ちゃう。勝《か》ち目《め》ないから、そうするんや。だいたい、けんかの原因《げんいん》は、いつもとうちゃんのうわきや。四日《よっか》ぐらい学校《がっこう》やすむことがあるやろ。かあちゃんと、愛媛《えひめ》の家《うち》に帰《かえ》ってるんや」

そういえばしんご、いきなり学校《がっこう》を休《やす》むことがある。あとできくと、「かあちゃんといなかに帰《かえ》ってた」というし、へんなときに帰《かえ》るなあと思《おも》ってた。

でも、このアイデアは使《つか》える。

もらいや。

ぼくは、しんごが帰《かえ》ってから、自転車《じてんしゃ》をかっとばして、ちょっとはなれたスーパーへ行《い》った。

スーパーといっても、三階《がい》だての大《おお》きなスーパーだ。一階《かい》に食品《しょくひん》と花《はな》、二階《かい》に服《ふく》や食器《しょっき》、三階《がい》には、おもちゃ売場《うりば》やスポーツ売場《うりば》がある。

エスカレーターで、おしりのポケットの、さいふを確認《かくにん》した。

二千円《えん》はいってる。

自分《じぶん》がもらうときのことは考《かんが》えるけど、ひとにプレゼントすることを考《かんが》えるのは、はじめてだ。

おもちゃ売場《うりば》をぐるぐるまわったけど、つい自分《じぶん》がほしい物《もの》に目《め》がいく。

こいちゃんのために使《つか》うのが、もったいない。

どうしよう、と思《おも》っていたら、

「かめきちくーん」

せなかで声《こえ》がした。

見《み》なくてもわかる。この声《こえ》のもちぬしは、世界《せかい》でただひとり、石垣《いしがき》けいこちゃんだ。

けいこちゃんは、家族《かぞく》できていた。

みんな、ふだんでも、よそ行《ゆ》きみたいな服《ふく》を着《き》ている。おにいさんなんか、ざっしのモデルみたいだ。家《いえ》はお医者《いしゃ》さんで、お金《かね》もち。

「なに買《か》いにきたの?」

けいこちゃんが近《ちか》よってきた。なんでこんなに、かわいいんやろ。

「ああ、そ、その」

うまくしゃべれない。

けいこちゃんの前《まえ》だと、頭《あたま》の中《なか》、夏《なつ》のチョコレートみたいに、とろとろになってしまう。

「プ、プレゼントや、こいちゃんに」

「こいちゃん、たんじょうび？」

「ちゃう。こいちゃんの育《そだ》てたあさがおが、かれてしもて、がっかりしてるから、元気《げんき》つけたろ思《おも》って」

ちょっとだけ、うそをついた。

「すごーい。やさしいねんな、かめきちくんって」

へへっ。『やさしい』だなんて、めちゃくちゃ、うれしくなってしまう。

いまのことばは、ろく音《おん》して、何回《なんかい》もききたい気分《きぶん》だ。

「で、なにを買《か》ってあげるんや」

けいこちゃんのおとうさんがいった。あたたかそうな笑顔《えがお》。

ぼくは、めちゃくちゃきんちょうした。けいこちゃんのおとうさんという
ことは、しょうらい、ぼくのおとうさんになるかもしれない。

えらいことや。

「どうした？　だいじょうぶか、かめきちくん。なんやポーっとしてるで」

けいこちゃんのおかあさんがいった。

「学校《がっこう》でも、いつもこんなんや。な、かめきちくん」

「こらアカンわ。しっかりしてや」

けいこちゃんのおかあさんが、ぼくのせなかをたたいた。みんな、おおわ
らい。

夢《ゆめ》がはじけてとんだ。

しかたない。ぼくもいっしょに、おおわらいしてやった。

「あさがおがかれたんなら、べつの花《はな》を買《か》ってあげたら？　わたし、えらん

であげる」

また、うれしくなってしまった。

『わたし、えらんであげる』だなんて、おとなみたいないいかたする。

一階《かい》の花屋《はなや》にはいった。あんまり花《はな》がない。

「夏《なつ》やから、やっぱり少《すく》ないわ」

けいこちゃんも、ちょっとこまった顔《かお》。

「けいこちゃん、どんな花《はな》がすきなんや？」

ぼくは、そっちのほうが気《き》になって、きいてみた。

「えっ、買《か》ってくれるの？」

「あっ……うん」

けいこちゃんはスタスタ歩《ある》いて、大《おお》きな花《はな》の前《まえ》でとまった。

「わたし、これがすき」

ハデっぽい花《はな》の前《まえ》に、『こちょうらん』と書《か》いたふだがさしてある。

「げっ！　一万二千円《えん》。な、なにもんや、こいつ」

「ほんまに買《か》ってくれるの？」

けいこちゃんが、にこやかにわらってる。

「じょうだんや、そんなん」

花屋《はなや》が、こんなにオソロシイとは、知《し》らなかった。

「かめきちくん、こっちはどうや」

けいこちゃんのおかあさんが、おいでおいでをしている。ぼくは、おそるおそる近《ちか》づいた。

「これ、花《はな》がかわいいやろ。においも、せいけつかんのある、いいにおいや」

ヒヤシンスを、小《ちい》さくしたような花《はな》だ。ぼくは顔《かお》を近《ちか》づけた。もちろん、ねだんを見《み》るために。

『ブルーサルビア　百二十円《えん》』

ほんまか。

何回《なんかい》も、ねだんを確認《かくにん》した。

これに決定《けってい》だ。


ブルーサルビアのはちをもって家《いえ》に帰《かえ》ると、ちょうどこいちゃんも、プールからもどったところだった。

こいちゃんの部屋《へや》にいって、花《はな》を見《み》せた。

「これ、こいちゃんに買《か》ってきたで」

はちを、まどべのつきでた場所《ばしょ》に、おいてあげた。

こいちゃんは、目《め》をキラキラさせて花《はな》を見《み》る。やっぱり女の子《おんなのこ》だ。うすむらさきのちっちゃい花《はな》も、見《み》られてしあわせそうだ。ぽわぽわ、わらってる。

こいちゃんが顔《かお》を近《ちか》づける。

「ごめんな、あさがお」

「うん。おにいちゃん、ありがとう」

こいちゃんは、かわるがわる、見《み》たり、においをかいだりしている。

そのとき、ぼくにはわかった。

なんで、目《め》も鼻《はな》も、顔《かお》にあるのか。

きれいな花《はな》を見《み》ながら、いいにおいをかぐためだ。

それに、目《め》も口《くち》も、顔《かお》にあったほうがいい。ちゃんと目《め》を見《み》て、「ありがとう」っていわれると、すごくうれしい。

これが、声《こえ》だけ、せなかからきこえてきたら、うれしさも半分《はんぶん》になる。

もちろん、おこられるときも、目《め》を見《み》ておこられると、それだけこわい。

こいちゃんのきげんもなおったし、いろんなことが、一度《ど》にかいけつした。

自由研究《じゆうけんきゅう》も完成《かんせい》したし、なんか、ええかんじの夏休《なつやす》みになりそうや。


夜《よる》、とうちゃんとふろにはいった。とうちゃんがせなかをあらうのを、ゆぶねのなかから見《み》ていた。

「なあ、とうちゃん。花《はな》って、なんであんなに高《たか》いんや。『らん』ちゅう花《はな》なんて、一万円《えん》もするねんで」

「アホ。おまえそれはな、安《やす》かったら、プレゼントしても、女《おんな》の人《ひと》がよろこばんやろ。そやから、わざと高《たか》いんや。服《ふく》かて、バッグかて。わしなんか、九十八円《えん》のビールで、まんぞくしてるのに。はよふろでて、いっぱいのも」

おとなになるのが、こわくなってきた。

けいこちゃんをよろこばせるのに、花《はな》だけで、一年《ねん》ぶんのおこづかいがなくなってしまう。

「女《おんな》はわからん」

とうちゃんが、シャワーで体《からだ》を流《なが》しながらいった。

その意見《いけん》には、ぼくも大《だい》さんせいだ。

5　ほんまにこまった

八月《がつ》三十一日《にち》。

「あっ、どんがめ、元気《げんき》やった？」

商店街《しょうてんがい》で買《か》い物《もの》をしていたら、いきなり声《こえ》をかけられた。

宮間《みやま》ひとみが、自転車《じてんしゃ》にまたがって、ニヤニヤわらっていた。

「あしたから学校《がっこう》や。楽《たの》しみやな」

「おまえにいわれると、ぜんぜん楽《たの》しない」

「うれしいわ、ありがとう」

「なんでおまえ、こんなとこにおるねん。西町《にしまち》のスーパーのほうが、近《ちか》いやろ」

いやみのつもりでいっても、ひとみには通《つう》じない。

「そこの肉屋《にくや》さんのコロッケ、ひょうばんやろ。お使《つか》いたのまれたんや。どんがめは、またカレーか」

「なんや、なにが、『またカレーか』や」

「あんたとこのカレー、お肉《にく》のかわりに、コンニャクいれるんやてなぁ。お肉《にく》はもったいない、いうて」

「うるさい。コンニャクカレーは、おいしいんや。体《からだ》にも、ええ。けど、なんで知《し》ってるんや？」

「こいちゃんにおしえてもらった」

そうか。ぼくは思《おも》いだした。

「おまえか、こいちゃんに『どんがめ』って、おしえたのは！」

「そうや。それより、どんがめ、自由研究《じゆうけんきゅう》できたんか」

ひとみがいった。その目《め》は、ばかにしたようにわらっている。

「あたりまえや。しつれいな」

「へっ、なにしたん？　わたし、けいこちゃんと、ふたつもやったんやで」

「ふたつ？」

「うん。おしえてほしい？　あのな、ひとつはたまごの実験《じっけん》。もうひとつは、花《はな》やくだもののしるの実験《じっけん》」

「なんやて！」

おもわず大《おお》きな声《こえ》をあげてしまった。

まわりのおばちゃんが、こっちを見《み》てる。

「どうしたん？」

ひとみは、きょとんとしてる。

「あの……その……しるの実験《じっけん》て……どんなんや」

心《しん》ぞうがドキドキしてきた。

「あのな、花《はな》やくだもののしるをな、ガーゼにしみこませてやな、お酢《す》や石《せっ》けん水《すい》につけるんや。すると、これがやな……」

ひとみは、とくいそうに、ベラベラしゃべった。

「ああ……そうなんや……なるほど……」

あいづちをうちながら、きもちはめちゃくちゃあせってきた。

(はよ、しんごに知《し》らせな)

ぼくはいそいで帰《かえ》ると、しんごの家《いえ》に自転車《じてんしゃ》を走《はし》らせた。

赤信号《あかしんごう》が、きょうはやけに長《なが》い。

郵便局《ゆうびんきょく》の前《まえ》で、こいちゃんのクラスの、れいこ先生《せんせい》にあった。

「どこ行《い》くの、そんなに急《いそ》いで」

「あ……い、いそがしいんや、小学生《しょうがくせい》は」

顔《かお》じゅうから、あせがふきだしている。

やっと家《いえ》につくと、しんごは、部屋《へや》でのんきにマンガを読《よ》んでいた。クーラーが、ガンガンにきいている。

「しんご、あいつら、きっちりや」

「はっ？」

しんごは、あおむけになってぼくを見《み》た。

「そやから、ふたつとも、やったんや……」

「ちょっとまて、ジュースもってくるわ。カメは、のどかわくと、のうみそまで、つまるみたいや」

オレンジジュースをのんで、やっとおちついた。

ぼくは、いまひとみとしゃべったことを、ゆっくり説明《せつめい》した。

「どうするねん。このまま知《し》らんぷりして、だしてしまうか？」

「かめきち、どう思《おも》う？」

「アカン思《おも》うわ。あいつら、ふたつも実験《じっけん》してる。こっちはその半分《はんぶん》や。きっとなかみかて、むこうのほうがええやろ」

「そやな、おれとおまえやもん」

わらえないじょうだんや。

しんごはベッドをおりて、まどをあけた。外《そと》のなまぬるい風《かぜ》がはいってきた。

「ちょっと、こまったな」

しんごは遠《とお》くのほうを見《み》て、のんびりといった。

「ちょっとやないで。あしたまでにどうするんや。もう四時半《じはん》やで」

しんごは、それには答《こた》えずに、
ちがうことをいいだした。
「とうちゃんがな、ホンマに
こまったときには、まどあけて、
ゆっくり深呼吸《しんこきゅう》でもして、
『ちょっとこまったな』て、
口《くち》にだしていうといいって。
イライラしても、いいアイデア
うかばんっていってた」
しんごのとうちゃんは、えらいことをいう。うちのとうちゃんならきっと、
「かめきち。こまったときはな、死《し》んだふりするのが、いちばんええ」
そういうにきまってる。しかも、ほんとうに白目《しろめ》むいて、死《し》んだまねする。

ぼくもしんごのように、

「ちょっとこまったな」

と、ゆっくりいってみた。

でも、きょうはじめてやっても、いいアイデアはでない。やっぱり、むちゃくちゃこまってる。

それどころか、

『あんたら、このアイデア。わたしらのをぬすんだやろ』

ひとみにつめよられる、ぼくらのすがたがうかんでくる。

「よっしゃ。しゃあない。もう一回《かい》、実験《じっけん》するか」

しんごがきっぱりいった。

「けど、時間《じかん》ないで」

「なんとかなる。ばんごはん食《た》べて、七時《じ》に集合《しゅうごう》や。とまる用意《ようい》してきてや」

「なにするんや」

「あとのおたのしみや」

ばんごはんを食《た》べてから、しんごの家《いえ》に行《い》った。とうちゃんに、車《くるま》で送《おく》ってもらった。あしたの朝《あさ》は、しんごの家《いえ》から登校《とうこう》だ。

ちょっとワクワクしながら、しんごの部屋《へや》にはいった。いったいなにを考《かんが》えたんやろ。

「あれ?」

しんごは、またマンガを読《よ》んでいた。部屋《へや》のなかを見《み》まわしたけど、なにもかわったようすがない。

「実験《じっけん》て、なにするんや」

しんごは顔《かお》だけこっちへむけた。

「八月《がつ》三十一日《にち》の夜《よる》からはじめて、自由研究《じゆうけんきゅう》ができるかどうかの、実験《じっけん》や。どや、おもろいやろ」

「そんなん、実験《じっけん》になるやろか」

「りっぱな実験《じっけん》や。かめきちは記録係《きろくがかり》。そのノートに、かんさつ日記《にっき》みたいに、書《か》いていって」

ぼくは、つくえの上《うえ》の新《あたら》しいノートをひらいた。それから、なるべくきれいな字《じ》で、

『自由研究《じゆうけんきゅう》

八月《がつ》三十一日《にち》の夜《よる》からはじめて

自由研究《じゆうけんきゅう》ができるかどうか』

と書《か》いた。

八月《がつ》三十一日《にち》　夜《よる》

七時《じ》十五分《ふん》

しんご、マンガを読《よ》むのをやめて、ベッドからおりた。

「まず、気分《きぶん》てんかんや」いうて、ふたりでふろにはいった。

七時《じ》四十分《ぷん》

しんごのかあちゃんが「カラオケ行《い》こか」と、いいだした。ビールのんで、ええ気分《きぶん》になってる。

「宿題《しゅくだい》まだや」いうても、「そんなんあとでいいやろ」いうて、さっさと、きがえだした。

八時《じ》三十分《ぷん》

カラオケから帰《かえ》ってきた。

しんごがパジャマにきがえた。

「人間《にんげん》、サイアクのことを考《かんが》えなアカン。これなら、いつねてしもても、だいじょうぶや」と、いう。

なにが、だいじょうぶなんかわからん。

けど、ぼくも、パジャマをきる。

八時《じ》四十分《ぷん》

発見《はっけん》。

パジャマをきると、なぜか、ふとんにはいりたくなる。

しんごとふたり、ベッドにもぐって、考《かんが》えることにする。

また、発見《はっけん》。

ベッドにはいると、なんでか、ねむくなる。

なんか、やばい。

「あんたら、ねるならねるで、電気《でんき》けしといてや」

「わっ！」

しんごのかあちゃんにおこされて、びっくり。時計《とけい》を見《み》て、またまたびっくり。

十時《じ》五十分《ぷん》。

いつのまにか、ねむっていた。

ぼくとしんごは、いちおうおきて、顔《かお》をあらった。

「やばかったな」

ぼくがいうと、しんごは目《め》をとろんとさせて、

「もう、あきらめて、ねよか」

といいだした。

「あきらめてか……」

それは、それでいいのやけど、なぜか「うん」とはいえなかった。

「もうちょっと、ねばろや」

ぼくはいった。自分《じぶん》のどこかで、なっとくできないものがあった。

「けど、おれらぐらいやで。いまごろ、こんなことしてんの」

そのとき、ぼくはひらめいた。

「そや！　いま、みんながなにしてるか、調《しら》べてみよか。とつげき電話《でんわ》アンケートや」

しんごが時計《とけい》をゆびさした。

「おもろいけど、きけんやで」

「わかってる」

そのあとふたりで、電話《でんわ》をしまくった。

「こんばんは。こちら、二学期直前《がっきちょくぜん》、とつげき電話《でんわ》アンケートです」

「どアホ！　いま何時《なんじ》や思《おも》ってるんや！」

「こら、おまえの親《おや》をだせ！」

「学校《がっこう》にいいますからね。そのつもりで！」

なかなか、本人《ほんにん》とは話《はなし》ができなかった。

けっか、クラス二十八人《にん》のうち、十五人《にん》はもうねていた。

三人《にん》は、こちらがしゃべりだすな

り、電話《でんわ》をきられてしまった。

ひとり、ばんごはんを食《た》べていた。理由《りゆう》をきいても、「はらへったから」としか、いわない。

なんか、あやしい。

もっとあやしいのが、「いいたくない」と、答《こた》えたやつ。

バクダンでもつくってるんやろか。

けいこちゃんは、もちろんもうねていた。ねぶそくは、おはだの敵《てき》。美《うつく》しさに、だきょうはゆるされない。

宮間《みやま》ひとみと、中島《なかじま》すぐるは、こんな時間《じかん》に勉強《べんきょう》していた。いまは、二十四時間《じかん》、質問《しつもん》や疑問《ぎもん》に答《こた》えてくれる、そういうパソコンのネットワークがあるらしい。ぼくにしてみれば、なぜ、そこまでするのか、そっちのほうが疑問《ぎもん》だ。

やっと、みんなへの電話《でんわ》がおわった。
これで、気分《きぶん》はすっきり。
問題《もんだい》は、こぼり先生《せんせい》がどうでるかだ。
あの先生《せんせい》なら、やりなおしも、いいだしかねない。
けど、そんなことを、いま考《かんが》えてみてもしかたない。
こういうときは、ねるのがいちばん。
時計《とけい》の音《おと》が、ねむりをさそった。
こっち、こっちと。

6　説教《せっきょう》なんて　だいきらい

つぎの日《ひ》、始業式《しぎょうしき》がおわって、みんなが帰《かえ》ったあと、ぼくとしんごは、こぼり先生《せんせい》によびだされた。

「青空《あおぞら》ルームでまっていろ」

名前《なまえ》はいいけど、『青空《あおぞら》ルーム』は、つまりは説教部屋《せっきょうべや》。説教《せっきょう》がおわって部屋《へや》をでるとき、心《こころ》が青空《あおぞら》のようにすみわたるという意味《いみ》で、この名前《なまえ》がつけられた。

名前《なまえ》をつけた人《ひと》はきっと、この部屋《へや》にはいったこともないと、ぼくは思《おも》う。

部屋《へや》には、長《なが》いつくえとパイプいす

しかなかった。カーテンは、あいていたことがない。日《ひ》にやけて、きいろい。

「やっぱり、アカンかったな」

しんごは、ちょっとふさいでる。

ぺったぺった、スリッパの音《おと》がして、がらっとドアがあいた。

そしていきなり、

「アホか、おまえら!」

先生《せんせい》がどなった。

「きのうの夜《よる》、おれのところに苦情《くじょう》の電話《でんわ》がどれだけあったかわかるか。夜《よ》中《なか》の十一時《じ》に電話《でんわ》しまくるなんて、ちょっとは、常識《じょうしき》を考《かんが》えたらどないや」

先生《せんせい》は、一気《いっき》にそれだけいうと、やっとおちついてぼくらの前《まえ》にすわった。

「え、どないやねん。しんご」

先生《せんせい》がいったけど、しんごは答《こた》えない。

こういうときのしんごは、けっこういかっている。けど、自分《じぶん》が悪《わる》いのもわかってるから、なにもいわない。

「かめきち。なんか、いうことあるやろ」

ぼくは、ちらっと先生《せんせい》の目《め》を見《み》て、

「けど、使《つか》えるもんは、なんでも使《つか》えっていうた……」

ぼそぼそいうと、

「あのなあ、かめきち。それとこれとは、ちがうやろ」

先生《せんせい》はすぐに反撃《はんげき》してくる。

「でも先生《せんせい》、自分《じぶん》たちで、とことん考《かんが》えろっていうたし……」

と、ぼくがいっても、

「あのな、おれがいうてるのは、夜中《よなか》に電話《でんわ》したことや」

と、あくまで電話《でんわ》にこだわる。だから、

「けど、手紙《てがみ》かいてるひま、なかったんやもん」

ぼくは、ちょっとうけるかなと思《おも》って、いってみた。

「か・め・き・ち!」

先生《せんせい》はひくい声《こえ》でおどしてきた。

「とにかく、夜《よる》の九時《じ》をすぎて、むやみやたらに電話《でんわ》をするな。わかったな」

「はい」

ぼくらは、しぶしぶへんじをした。

「それからや……」

先生《せんせい》がいった。

(やっぱりきたか)

ぼくはしんごを見《み》た。

しんごもぼくを見《み》ていた。

(やりなおしか。まいったな)

しんごの目《め》がそういっていた。

「ちゃんと、おれの目《め》を見《み》ろ。ええか、おまえらの自由研究《じゆうけんきゅう》、よかったぞ。おまえらにしか、できんことや。それじゃ、解散《かいさん》」

こぼり先生《せんせい》は、立《た》ちあがると、すたすたドアにむかった。

そして、きゅうにふりむくと、

「そうや、『とつげき電話《でんわ》アンケート』。ひとりわすれてたで」

と、いった。

「えっ、だれやろ？」

「おれやオレ。おれもクラスの一員《いん》やから、わすれるな」

そういうと、こぼり先生《せんせい》は、

「だははっ」

と、わらいながらでていった。

たまには、『青空《あおぞら》ルーム』も、いいことがあるみたい。

ぼくとしんごは、えがおでほくほくしながら、学校《がっこう》をでた。

そのときだ。

「おそかったね」

「また先生《せんせい》に、おこられてたんか?」

けいこちゃんとひとみが、校門《こうもん》のわきからあらわれた。

「ちゃう。ほめられてたんや。おまえらのほうこそ、もう帰《かえ》ったのと、ちがったんか」

「あのな……」

けいこちゃんが、一歩前《ぽまえ》にでた。

「夏休《なつやす》み、ハワイに行《い》ってたんや。それで、おみやげ買《か》ってきたから、わたそうと思《おも》って、まってたんや」

クラスの中《なか》で、いちばんきれいに、日《ひ》やけしていた。さしだされたつつみを、ぼくが、ありがたくうけとろうとすると、

「おれ、いらん」

しんごがいった。

「えっ？　どうしてやのん？　せっかく買《か》ってきたのに。カメハメハ大王《だいおう》のTシャツ《ティー》やで」

「そうや、しんご。ハメカメハメ大王《だいおう》や」

ぼくはあわてて、つつみをもらった。

「けいこちゃん、しんぱいいらん。しんご、てれてるんや。なっ！」

ぼくが、しんごのかたをだくと、

「アホやな、おまえ」

しんごが、小《ちい》さくいった。

「じゃ、中《なか》に、手紙《てがみ》もはいってるから」

けいこちゃんとひとみは、秋風《あきかぜ》のように、さわやかに立《た》ちさった。

「かめきち。おまえ、魚《さかな》やったら、いっぺんに、つられてるな」

「なんでや?」

「もう、きょねんのこと、わすれたんか。今月《こんげつ》の十九日《にち》は、なんやった?」

「あっ　けいこちゃんの……」

ぼくは、つつみをあけた。中《なか》から、カメハメハ大王《だいおう》をプリントしたT《ティー》シャツと、一まいのびんせん。


『九月《がつ》十九日《にち》。

たん生《じょう》パーティーをします。

ぜひきてください。

プレゼント　楽《たの》しみにしてまーす。　けいこ』

「あいつ、自分《じぶん》が、ちやほやされたいだけやねん」

しんごはつつみをあけようともしない。

「もしかして、しんご、けいこちゃんのことがきらいなんか？」

「どっちかいうたらな」

「やったぁ、これで、けいこちゃんのハートは、ぼくのもんや」

「はぁ？　なんでや」

「だって、二ひく一は、一やろ。ライバル消滅《しょうめつ》や。カンペキ」

「かめきち……おまえって、しあわせなやつやな」

しんごは、ばかにしたようにいうと、スタスタ歩《ある》いていった。

ぼくは、しんごのせなかにむかって、いってやった。

「そうや。ぼくは、日本一《にほんいち》しあわせな小学生《しょうがくせい》に、なってやるんや」

カラスがひと声《こえ》、「カァ」とないて、こたえてくれた。

ばんごはんのとき、かあちゃんに、ちょっとだけ、おこられた。

「あんまり、ひとさわがせなこと、せんといてや」

とうちゃんは、

「けど、ようそんな自由研究《じゆうけんきゅう》考《かんが》えたな。さすがとうちゃんの子《こ》どもや」

と、うれしそうだ。

そして、ごはんがおわると、

「とうちゃんは、六年生《ねんせい》のときな……」

また、あのじまん話《ばなし》がはじまった。

ビールかた手《て》にごきげんだ。

「な、かめきち。なんでもええけど、いつまでも、思《おも》い出《で》にのこるようなことを、やらなアカン。勉強《べんきょう》なんか……あ、

勉強《べんきょう》はもちろんちゃんとせなあかんで」
「な、なんや。この前《まえ》と、
いうてることがちがうやん」
するととうちゃん、小《ちい》さい声《こえ》で、
「かめきち、なんで口《くち》と目《め》は、
顔《かお》についてるか、わかるか」
と、いってきた。
「なんでや？」
「ひとの顔色《かおいろ》を気《き》にしながら、
しゃべるためや」
見《み》ると、台所《だいどころ》からかあちゃんが、
コワイ顔《かお》で、こっちをにらんでいた。

作・村上しいこ（むらかみしいこ）
一九六九年三重県生まれ。「とっておきの『し』」で、二〇〇一年毎日新聞小さな童話大賞選者賞受賞、「はしれごめんなさい」で二〇〇二年ミセス大賞「小さな童話」部門優秀賞受賞。趣味はベランダ菜園と漬け物づくり。本作が初めての単行本となる。
http://www.geocities.jp/m_shiiko/

絵・長谷川義史（はせがわよしふみ）
一九六一年大阪府生まれ。一九九〇年ＪＡＣＡ日本イラストレーション展入選。絵日誌に『もうすぐ赤ちゃんやって来る』（大和書房）。絵本に『おじいちゃんのおじいちゃんのおじいちゃんのおじいちゃん』（ＢＬ出版）『おたまさんのおかいさん』（解放出版社・二〇〇三年講談社絵本賞受賞）など多数。

おはなしガーデン 1
かめきちのおまかせ自由研究
NDC913
二〇〇三年 六 月三十日 第一刷発行
二〇一一年 三 月 五 日 第七刷発行
作 村上しいこ
絵 長谷川義史
発行者 黒田丈二
発行所 株式会社岩崎書店
〒一一二―〇〇〇五
東京都文京区水道一―九―二
電話 〇三―三八一二―九一三一（営業）
〇三―三八一三―五五二六（編集）
振替 〇〇一七〇―五―九六八二二
印刷 株式会社精興社
製本 河上製本株式会社
落丁本、乱丁本はお取り替えいたします。

 ISBN978-4-265-05451-0
Published by IWASAKI SHOTEN, Tokyo. Printed in Japan.
岩崎書店ホームページ http://www.iwasakishoten.co.jp
ご意見ご感想をお寄せ下さい。 hiroba@iwasakishoten.co.jp

童話だいすき（全20巻）

小学校中学年向き
一〇四～一六〇ページ

1 合いことばはなんじゃ・もんじゃ　上條さなえ
2 おじいちゃんの手品　山県　喬
3 また来てマック　及川和男
4 ダーサンと川のギャング　斉藤　洋
5 いいこといっぱい丘の上　矢部美智代
6 海をおよぐ大シカ　小林しげる
7 めちゃまちゃごためぜ　パウル・マール
8 あいたかったよ、カネチン　林　洋子
9 としばあちゃんのオムレツ作戦　山口節子
10 子どもテレビ局こちら事件現場です！　龍尾洋一
11 じっちゃんはゆうれいになった　吉田道子
12 ハムスターのチュー　茨木　昭
13 アバね、ゲンさん!!　宮下全司
14 エリートなぼくと恐怖の笑い声　小林礼子
15 あたしが桃太郎になった日　山口　理
16 レタス畑のおくりもの　あびるとしこ
17 さらば、猫の手　金治直美
18 夢みるマリー　藤波祐子
19 うらない少女セイラ　堀　直子
20 テントウムシの飛行船　あびるとしこ

ダンス